AF298160

L'AN 1835,

OU

LA S^T.-CHARLES AU VILLAGE,

VAUDEVILLE EN UN ACTE.

L'AN 1835,

OU

LA St.-CHARLES AU VILLAGE,

VAUDEVILLE EN UN ACTE,

A L'OCCASION DE LA FÊTE DE S. M. CHARLES X,

Par M. DÉSAUGIERS,

REPRÉSENTÉ SUR LE THÉATRE DE S. A. R. MADAME, LE 4 NOVEMBRE 1825.

PRIX : 1 FR. 50 C.

PARIS,

CHEZ BEZOU, LIBRAIRE,

SUCCESSEUR DE M. FAGES,

AU MAGASIN DE PIÉCES DE THÉATRE,

Boulevard St.-Martin, N°. 29, vis-à-vis la rue de Lancry.

1825.

<table>
<tr><td>PERSONNAGES.</td><td>ACTEURS.</td></tr>
<tr><td>La comtesse CAROLINE, fille du comte
Charles de Bonne-Maison..........</td><td>Mme. Théodore.</td></tr>
<tr><td>HENRI, son fils, né le même jour que
Monseigneur le duc de Bordeaux....</td><td>Mlle. Déjazet.</td></tr>
<tr><td>FRANCOEUR, invalide du château...</td><td>M. Numa.</td></tr>
<tr><td>FANCHETTE, fille du jardinier, pro-
mise à Georginet ....</td><td>Mlle. Adeline.</td></tr>
<tr><td>GEORGINET, paysan niais, prétendu
de Fanchette....................</td><td>M. Legrand.</td></tr>
<tr><td>MARCELLINE, vieille paysanne pauvre.</td><td>Mme. Julienne.</td></tr>
<tr><td>Un officier ....</td><td>M. Gabriel.</td></tr>
</table>

Villageois et Villageoises.

Militaires.

Le Théâtre représente un site champêtre, voisin du château de Bonne-Maison. Un banc de gazon sur le côté gauche du théâtre ; sur la droite, une chaise de jardin.

DE L'IMPRIMERIE DE J.-S. CORDIER FILS,
Rue Thévenot, N°. 8.

L'AN 1835,

ou

LA St.-CHARLES AU VILLAGE,

VAUDEVILLE EN UN ACTE.

SCÈNE PREMIÈRE.

FANCHETTE, GEORGINET.

(Georginet poursuit Fanchette qui traverse le théâtre et disparaît, revient par une autre coulisse, traverse encore et revient par le premier plan, toujours poursuivie par Georginet, qui, arrivé sur le devant de la scène, glisse, et tombe à terre).

(Pendant ce mouvement, le dialogue suivant a lieu).

FANCHETTE, *première entrée.*

Je te dis que non, tu ne m'attraperas, ni moi, ni mon secret.

GEORGINET, *la poursuivant.*

C'est ce que j'allons voir.

FANCHETTE, *reparaissant.*

Nous verrons qui sera l'plutôt essoufflé.

GEORGINET, *de même.*

J'suis taillé pour la course.

FANCHETTE.

Tu ferais mieux d'y renoncer, crois-moi.

GEORGINET.

Quand je suis lancé, c'est pour vingt-quatre heures... *(Il glisse et tombe à terre).* Oh! là, là!... diable de petite biche; vas... il faudrait être un cerf... mais une fois son mari, j'espère que je n'aurai plus besoin de courir comme ça après elle.

FANCHETTE, *reparaissant, et éclatant de rire.*

Eh! bien, mon pauvre Georginet... te voilà arrêté!

(4)

GEORGINET.

Pardi, c'est ben malin, quand on glisse.

FANCHETTE.

Maladroit !

GEORGINET.

Maladroit ? vous n'avez peut-être jamais glissé, vous ? mais il ne s'agit pas d' ça, mamselle Fanchette... (*Il se relève*). Asseyons-nous sur ce banc, à côté l'un de l'autre, et quand vous serez un peu désesoufflée, vous voudrez bien me dire d'où vient tout ce remue-ménage, que j'voyons c' matin dans l'pays. (*Ils s'asseyent*).

FANCHETTE.

Me v'là assise, me v'là désesoufflée, et je ne te dirai rien.

GEORGINET.

Parce que...

FANCHETTE.

Parce que je veux que tu le devines.

GEORGINET.

C'est ça!.. comme si on était obligé de savoir par avance.

FANCHETTE.

Je sais bien que tu n'es pas un sorcier... mais il y a des jours où on doit l'être.

GEORGINET.

Mais, si je n'ai pas assez d'esprit pour ça...

FANCHETTE.

L'esprit n'est rien là dedans, c'est le cœur qui doit...

GEORGINET.

Et si je n'ai pas de cœur ?

FANCHETTE.

Comment, M. Georginet, vous n'avez pas de cœur ?..

GEORGINET.

Eh! non, méchante, puisque je vous l'ai donné l'année dernière, sous un pommier, en revenant de la moisson, vous savez bien ?

FANCHETTE.

Ah! c'est vrai, et je n'ai plus rien à dire.

(5)

GEORGINET.

En ce cas, parlez donc vîte, que je sache...

FANCHETTE.

Eh! ben, quel jour est-ce que je tenons aujourd'hui ?

GEORGINET, *distrait, et regardant vers le fond du théâtre.*

Quel jour ?

FANCHETTE.

Eh! ben... que regardes-tu par là ?

GEORGINET.

Rien, c'est que j'avais cru entendre... Ce diable de loup ne me sort pas de la tête... nous a-t-il fait peur hier, hein?

FANCHETTE.

Le loup?

GEORGINET.

Tiens, est-ce que vous ne l'avez pas vu ?.. il s'est pourtant assez montré dans les environs.

FANCHETTE.

Je le croyais bien loin... depuis un mois qu'on n'en parle plus.

GEORGINET.

C'est qu'il manigançait queuq' sournoiseries dans l'ombre... ah! si je savais manier un fusil aussi bien qu'une faucille, il y a longtemps que je l'y aurais coupé le col, mais me v'là remis... vous me demandiez donc, mamselle Fanchette, queu' jour c'est aujourd'hui ?

FANCHETTE.

Eh! oui!.. en finiras-tu de me répondre ?

GEORGINET.

Dam !... attendez donc!.. vous me prenez là...

Air : *De Préville et Taconnet.*

Mardi dernier, c'était l'premier Décembre.

FANCHETTE.

Dis donc Novembre, et compte sur tes doigts.

GEORGINET, *comptant comme lui dit Fanchette.*

Ah ! oui, c'est vrai ; Mardi premier Novembre,
Mercredi deux.

FANCHETTE.

Après ?

GEORGINET.

Vendredi trois.

FANCHETTE.

Il n'connaît plus ni les jours, ni les mois.
Et le Jeudi ?

GEORGINET.

L'Jeudi ! qu'ça n' vous inquiète.

FANCHETTE.

Pourquoi l'passer ?

GEORGINET.

Vous devriez l'savoir...
Et je l'pass'rais, voyez-vous jusqu'à c'soir.

FANCHETTE.

Pourquoi donc ça ?

GEORGINET.

Dam ! c'est, mamsell' Fanchette,
Qu'javons passé ce jour-là sans vous voir.
Puis-je l'compter, dit'-moi, mamsell' Fanchette,
Quand j'lons passé tout entier sans vous voir ?

FANCHETTE.

Ce bon Georginet!.. Allons, pour c'te marque de
bonne amitié, j'te permets d'm'embrasser là... (*Elle lui
indique la place sur son col*).

GEORGINET.

Oh ! là, là, qu' c'est doux !

FANCHETTE.

Mais n' t'y habitue pas.

GEORGINET.

Eh ! j' savons ben qu' malheureusement une fois n'est
pas coutume... Ah ! ça, pour en revenir...

FANCHETTE.

Oui, et comptons l' jeudi.

GEORGINET, *comptant sur ses doigts*.

Eh ! ben, j' tenons le quatre.

FANCHETTE.

Fête de qui ?

GEORGINET.

De qui ?

FANCHETTE.

Oui.

GEORGINET.

Dam!.. si j'avais le calendrier...

FANCHETTE.

Du maître de ce château... de M. le comte Charles de
Bonne-Maison.

GEORGINET.

De Bonne-Maison... c'est vrai.

FANCHETTE.

Qui en a hérité en 1824, v'là onze ans... et qui depuis
ce temps-là a fait ainsi que sa chère fille, dont c'est aussi
la fête, tant de bien dans l'village, que jè n' savons qui
j'devons le plus chérir.

GEORGINET.

Ah! jarni! deux fêtes en un jour! et dire que j'n'y
avions pas pensé... Dam! mamsell' Fanchette, c'est vot'
faute aussi... j'pense tant à vous, qu'il n'y a plus de place
dans ma tête pour autre chose.

FANCHETTE.

Eh! bien, monsieur, vous avez tort... et vous m'ou-
blieriez aujourd'hui, que je n'vous en aimerais que davantage.

GEORGINET.

Vous oublier, mamsell' Fanchette!..

FANCHETTE.

Aujourd'hui seulement.

GEORGINET.

Ah! à propos d'ça... dites donc, si je profitions de la
gaîté et de la bonne humeur où c'te journée va mettre
tout le monde, pour prier votre père Thibaut, qui est
toujours malade, d'en finir.

FANCHETTE.

Comment d'en finir ?

GEORGINET.

Eh! oui... de nous marier... comme jardinier du château, il peut parler à M. le Comte quand il veut.

FANCHETTE.

Avec ça, qu' presque tous les jours, je r'cevons sa visite.

GEORGINET.

A lui-même ?

FANCHETTE.

Il est si bon !.. est-ce qu'il n'a pas hier consenti à déjeûner chez nous ?

GEORGINET.

Lui-même aussi ?

FANCHETTE.

Oui vraiment... qu'il a même dit, en me serrant la main, qu'il n'avait jamais fait un repas si agréable... et puis il m'a embrassée.

GEORGINET.

Toujours lui-même ?

FANCHETTE.

Et il s'en est retourné au château, accompagné de nos vœux, pour qu'il vive aussi longtemps que je l'aimerons...

GEORGINET.

C'est ça... la vie éternelle.

FANCHETTE.

Lui, ses enfans et petits-enfans.

GEORGINET

Ah ! en fait de petits-enfans... en a-t-il un gentil ?

FANCHETTE.

J'crois bien... quand on est venu au monde le même jour et à la même heure que le petit-fils d'un Roi de France.

GEORGINET.

C'est vrai... c'est ça qu'on lui a donné le même nom d'Henri.

FANCHETTE.

Est-il lutin ?.. c'est que j'ai peur de lui, et toutes mes compagnes aussi.

GEORGINET.

Ah ! par exemple, je voudrais bien voir...

FANCHETTE.

Bah! tu verrais... et tu ne dirais rien.

GEORGINET.

C'est encore possible.

FANCHETTE.

Air : *De la gaîté le doux transport.* (de la Mélomanie).

Enfant chéri,
Malin, joyeux et tendre,
De l'aimer comment se défendre?
Ce cher Henri!
Fass' le ciel que jamais il n' change!
D'audace et d'honté, doux mélange,
C'est un démon, c'est un ange.

Ensemble.

C'est un démon, c'est un ange. (*bis*).

GEORGINET.

Déjà s'il aperçoit
Villageoise gentille,
D' plaisir son œil pétille.

FANCHETTE.

Puis d'un soldat s'il voit
Le casque ou l'sabr' qui brille,
Pour lui parler d'exploit,
Il plant' là la jeun' fille.

GEORGINET.

Oui, mais faut tout dir', le p'tit drille
A d'qui t'nir, aussi, jarnombille,
Il n'dément pas sa famille.

Ensemble.

Il n'dément pas sa famille.

FANCHETTE.

Si, sur son passage
S'offre un malheureux,
Il court à lui les larm's aux yeux,
D'son mieux il le soulage. (*bis*).
Puis satisfait de son ouvrage,
Il s'en r'vient joyeux,
De son jeune âge
Reprendre les jeux.

Ensemble.

Enfant chéri,
Malin, joyeux et tendre,
De l'aimer comment se défendre?
Ce cher Henri.

L'an 1835.

Fass' le ciel que jamais il n'change
D'audace et d'bonté, doux mélange,
C'est un démon, c'est un ange. (*bis*).

(On entend la ritournelle de l'air suivant).

GEORGINET.

Qu'est-ce que c'est qu'ça ?

FANCHETTE.

C'est sans doute le village qui vient de présenter son bouquet à M. le Comte, et à sa chère Caroline... et j'n'en avons pas ; cours vîte en chercher.

GEORGINET.

Pourvu qu'ils n'ayont pas tout pris... ils en sont capables. *(Il sort.)*

SCÈNE II.

FANCHETTE, Villageois et Villageoises.

CHOEUR.

Air : *D'une contredanse.*

N'y a plus moyen d'nous arrêter,
Tout au plaisir aujourd'hui nous invite ;
Viv' les deux noms qu'jons à fêter,
Peut-on trop vîte
Et trop tôt les chanter ?

SCÈNE III.

Les mêmes, FRANCOEUR, *suivi de porteurs chargés d'une malle.*

FRANCOEUR.

Place, place... et vive la joie !

TOUS.

Eh ! c'est l'père Francœur !

FRANCOEUR.

Oui, vraiment, l'invalide du château, que vous avez peut-être cru parti pour l'autre monde, depuis huit jours que vous ne l'aviez vu... pas vrai ?

FANCHETTE.

Oh ! vous pensez bien, M. Francœur, que je ne serions pas si gais... mais, d'où venez-vous donc ?

FRANCOEUR.

D'Paris, ma p'tite Fanchette, où M. le Comte m'avait
envoyé porter un message, et j'ai fait d'une pierre deux
coups.

FANCHETTE.

Comment cela ?

FRANCOEUR, *montrant la malle.*

Tenez, voyez.

TOUS.

Qu'est-ce qu'il y a donc là dedans ?

FRANCOEUR.

Chut... il y a là dedans de quoi vous endimancher toutes,
bien joliment.

TOUS.

Bah !

FANCHETTE.

C'est donc des toilettes de parure ?

FRANCOEUR.

Que vous ne connaissez pas ; mais que madame la comtesse connait bien... approchez toutes.
(*Les villageoises entourent Francœur*).

Air : *De partie carrée.*

Vous savez bien que c'est en Italie
Qu' not' jeun' maîtress' a r'çu le jour ;
Eh ! bien, il faut lui rapp'ler sa patrie
Par vot' costume, autant qu'par vot' amour.
Ell' n'soupçonn' pas c'te surprise nouvelle,
Qui va flatter sa tendresse et ses goûts ;
Jugez d'sa joie en se r'trouvant chez elle,
Sans cesser d'êtr' chez nous.

TOUS.

J'devin' sa joie, en se r'trouvant chez elle,
Sans cesser d'êtr' chez nous.

FANCHETTE.

La bonne idée que vous avez eu là, M. Francœur !

FRANCOEUR.

Pas vrai ?

FANCHETTE, *ouvrant la malle.*

Oh ! que c'est joli !... mais comment avez-vous pu faire
cette dépense ?.. vous qui n'avez pas...

FRANCOEUR.

J'vas vous dire... j'l'ai faite avec l'argent d'notre bon
petit Henri.

FANCHETTE.

Oh ! il sait donc...

FRANCOEUR.

Nous conspirons ensemble... il m'a donné son idée et
sa bourse, et moi, j'ai fourni mon zèle et mes jambes.

Air : *Vaudeville de la Chasse au Renard.*

Pars, m'a-t-il dit, une fête aussi chère
Doit, comme moi, Francœur, t'électriser...
Cette surprise aujourd'hui de ma mère
Va me valoir un sourire, un baiser.
C'messag', lui dis-j', pour moi vaut un' victoire ;
En me l'confiant, vous v'nez de m'rajeûnir...
Car si je suis invalid' pour la gloire,
Je n'le suis pas encor pour le plaisir.

Là dessus, je pars... je reviens... et me v'là... mais, vous
dansiez, quand j'suis arrivé... est-ce qu'il n'y aura pas un
p'tit bout de rigaudon pour mon retour ?

TOUS.

Oui, vraiment... en place.

(*Francœur prend la main de Fanchette*).

Même air que celui qui ouvre la scène 2me.

N'y a plus moyen d'nous arrêter,
Tout au plaisir, au bonheur nous invite ;
Viv' les deux noms qu'jallons fêter ;
Peut-on trop vîte
Et trop bien les chanter ?

FRANCOEUR.

Le ciel protége ces deux fêtes,
Car à cett' fin de rendr' meilleur
L'vin que j'boirons à leur honneur,
Il nous envoya deux comètes.

CHOEUR.

N'y a plus moyen, etc.

FRANCOEUR.

C'mois-ci pas d'fleur qui n'soit fanée,
L'hiver est un pauv' jardinier ;
Mais en fait d'lys et de laurier
Chez nous il en pouss' tout' l'année.

CHOEUR.

N'y a plus moyen d'nous arrêter, etc.

(*On danse*).

SCÈNE IV.

Les mêmes, GEORGINET.

GEORGINET.

Au secours... au secours... il est sur mes talons.

TOUS.

Qui?

GEORGINET.

Le loup.

TOUS, *se sauvant.*

Le loup !

SCÈNE V.

GEORGINET, FRANCOEUR.

FRANCOEUR.

Où donc ça ?.. je ne vois rien.

(*Pendant que Francœur à le dos tourné, Georginet se
glisse dans la malle, qui était restée ouverte, et dont il
laisse retomber le couvercle sur lui*).

FRANCOEUR, *continue.*

Imbécille!... c'est le gros chien du château... (*Ne
voyant plus Georginet.*) Eh! bien, où est-il donc?..il se
sera sauvé avec les autres... et les porteurs!... la conta-
gion les aura aussi gagnés. (*Il les voit cachés derrière un
buisson*). Eh! venez donc... poltrons; et emportez cette
malle au château... faites-la mettre dans ma chambre, et
ayez soin... attendez, que je la referme. (*Il la ferme à la
clef*). Ayez soin que personne du château ne vous voye.
(*à part*). J'irai l'ouvrir, quand il en sera temps.

(*Les porteurs emportent la malle et Georginet qui est
dedans*).

SCÈNE VI.

FRANCOEUR, *seul.*

Corbleu, si j'avais seulement dix ans de moins, et un
bras de plus, j'aurais bientôt débarrassé le canton de
ce maudit animal... dix ans de moins!.. ça me reporterait

à 1825... eh! eh! j'étais encore un luron alors... je me
rappelle cette année-là, comme si j'y étais encore.

Air : De la lithographie.

Oui , si j'ai bonn' souvenance,
Mil huit-cent vingt-cinq offrit
Ce qu'jamais n'verra la France,
En vertus comme en esprit.
Tout le monde s'entendait,
Tout le monde s'entr'aidait;
L'riche partageait son bien
Avec c'lui qui n'avait rien.
On n'voyait que bons ménages,
Qu'amis francs et généreux ;
Tout's les femmes étaient sages
Et tous les maris heureux...
Jamais les méd'cins ne tuaient,
Queuqu' fois les commis saluaient;
Un fripon, pour un milliard,
N'eut été reçu null' part.
Jamais intrigu' ni cabale
Ne v'nait troubler un succès;
On n'connaissait ni scandale,
Ni banqu'route, ni procès.
La sottis' perdait ses pas,
Les journaux ne mentaient pas;
On avait, dans les bureaux,
Plus d'savoir qu'on n'était gros.
On n'voyait pas d'ces affiches,
Fait's pour tromper les bonn' gens.
On n'avait pas pour les riches
Plus d'égards qu'pour l's indigens.
D'l'argent on f'sait très-peu d'cas;
Les marchands tous délicats,
N'auraient plutôt rien vendu,
Que d'surfaire d'un écu.
On n'voyait dans les boutiques
Qu'meubles propres et décens.
Point d'ces comptoirs magnifiques
Qu'ont plus d'or autour que d'dans.
Heureus's avec leurs mamans,
Les fill's n'avaient pas d'amans;
Leur innocence formait
La seul' dot qu'on réclamait.
Un' robe simple et commode,
Un' fleur posée avec goût,
Avaient fait passer de mode
L'cachemire et l'marabout.
Bref! c'était un' loyauté,
Un' modestie, un' bonté,
Un' sympathie, un accord,
Qu'on aurait dit d'l'âge d'or.

Oui, si j'ai bonn' souvenance,
V'là bien trait pour trait c'qu'était

Mil huit cent vingt-cinq en France...
Ou c'est un rêv' que j'ai fait.

SCÈNE VII.

HENRI, FRANCOEUR, FANCHETTE, ROSETTE, SUZON, GABRIELLE, et autres jeunes Filles.

LES JEUNES FILLES, *accourant.*

Au secours! au secours!

FRANCOEUR.

Eh! bien! quoi? Est-ce encore le loup?

HENRI.

Oh! vous ne m'échapperez pas.

FRANCOEUR.

C'est le loup dans la bergerie; je ne me trompais
pas.

ROSETTE.

Air : *Heureux habitans.* (Kettly).
Ou : *C'est dans ce séjour.* (Porte secrète).
Mais laissez-moi donc.

HENRI, *la poursuivant.*

Non... tu m'as défié, ma chère.

ROSETTE.

Eh! bien, là... pardon.

HENRI.

Pas plus pour toi que pour Suzon,
Un baiser; sinon...

ROSETTE.

J'vois bien qu'il faut s'laisser faire.

(*Henri, après l'avoir embrassée, court à Suzon.*)

HENRI.

A toi maintenant.

SUZON.

Mais est-il donc entreprenant!
Qu'vous êt's taquinant!
Votre maman, que dirait-elle?
Si nous lui disions...

HENRI, *l'embrassant.*

Le voilà pris.

(*Il court à Gabrielle.*)
A toi.

GABRIELLE.
Fuyons.

HENRI, *la retenant.*

Pas tant de façons.
Fillette qui de Gabrielle
A le nom chéri,
Doit tout accorder à Henri.
Ta bouche a souri.
Bien ! je vois que tu vas te rendre.

GABRIELLE.

Dam' il le faut bien ;
Pour Henri peut-on r'fuser rien ?
(*Henri l'embrasse*).

FRANCOEUR.

Allons, pas moyen
De l'éviter et d's'en défendre.

HENRI, *aux autres villageoises.*

L'exemple est donné.
(*Toutes se laissent embrasser*).
A c'nom-là, tout est pardonné.

TOUTES LES JEUNES FILLES.

Allons, pas moyen
De l'éviter et d's'en défendre.
L'exemple est donné,
A c'nom-là tout est pardonné.
(*On entend le tambour*).

HENRI.

Le tambour !... allons, tout ce que j'aime à la fois...
oh ! la bonne journée... on voit bien qu'c'est la fête de
ma famille.

FRANCOEUR.

C'est un détachement de la garnison , qui vient rendre
ses hommages à M. le Comte.

SCÈNE VIII.

Les mêmes , Soldats.

(*Petite évolution militaire au son du fifre et du tambour, pendant laquelle Henri semble diriger tous les
mouvemens*).

(17)

HENRI, *à l'officier.*

Mon officier, voulez-vous me permettre de comman-
der l'exercice ?

L'OFFICIER, *lui donnant son épée.*

De tout mon cœur.

FRANCOEUR.

Oh ! le petit diable !

HENRI.

Halte... attention au commandement... (*Il commande
l'exercice*). Arme... bras.. portez... arme.. demi-tour...
à droite, etc., etc... Eh! bien, mon officier, est-ce
comme cela ?

TOUS.

A merveille.

HENRI.

On ne parle pas sous les armes.

L'OFFICIER.

Cela promet.

HENRI.

Et cela tiendra.

Air : *Je suis le petit tambour.*

Je suis le petit Henri
Qui, le jour qui l'a vu naître,
A promis, a juré d'être
Digne de ce nom chéri.

CHOEUR.

Vive le petit Henri,
Dès le jour qui l'a vu naître,
Il promit, il jura d'être
Digne de ce nom chéri.

HENRI.

Laissez-moi venir à l'âge,
Où sous le feu du canon,
Mon bras pourra faire usage
D'un sabre ou d'un mousqueton.
Eh ! bon, bon, bon, bon, bon, bon,
Chacun s'écriera, je gage,
Eh ! bon, bon, bon, bon, bon, bon,
Ventre-saint-gris, quel luron !
Je suis le petit Henri, etc.

Ensemble.

CHOEUR.

Vive le petit Henri, etc.

L'an 1835.

3.

HENRI.

En attendant qu'à l'armée
Je me sois fait un renom,
Ma main aux bienfaits formée,
Vaincra d'une autre façon.
Eh ! bon, bon, bon, bon, bon, bon,
L'indigence ranimée,
Eh ! bon, bon, bon, bon, bon, bon,
Dira : c'est comme un Bourbon.

Ensemble. { Je suis le petit Henri, etc.

CHOEUR.

Vive le petit Henri, etc.

FRANCOEUR, *à Fanchette.*

J'aperçois notre bonne Caroline... Vîte, ma petite Fanchette, emmène tes compagnes... le moment approche... voilà la clef de la malle.

(*Fanchette sort, et emmène toutes les jeunes villageoises*).

SCÈNE IX.

CAROLINE, HENRI, FRANCOEUR, L'OFFICIER, Soldats, Villageois.

CHOEUR.

(*Avec accompagnement de tambour*).

Air : *Travaillons, dépêchons,* etc. (du Maçon).

Célébrons les objets de notre double amour ;
Leurs deux noms adorés, et bénis tour à tour,
Ne font qu'un dans nos cœurs, comme dans ce beau jour.

CAROLINE.

Mes amis, mon père et moi avons entendu l'expression de votre joie et de votre dévoûment. Notre cœur y a répondu ;... mais forcé de remplir les devoirs que lui impose cette heureuse journée, je viens de sa part, vous remercier de confondre dans vos hommages, deux noms qui en effet sont devenus à jamais inséparables.

TOUS.

Vive madame la Comtesse !

CAROLINE.

Je vous ai déjà priés de dire simplement, madame... je le préfère.

TOUS.

Vive Madame!

CAROLINE.

Mes amis, au sein de la joie qu'éprouve mon père, je dois vous avouer qu'une arrière-pensée l'occupe.

FRANCOEUR.

Qu'est-ce que c'est ?

CAROLINE.

Air : *Depuis longtemps j'aimais Adèle.*

Avant de savourer les charmes
De ce jour si cher à son cœur ;
Il veut savoir si de secrètes larmes
N'en attristent pas la douceur.
Quand sa fête se renouvelle,
Pour l'embellir, ses généreux secours,
Vont consoler le malheur qui l'appelle.

FRANCOEUR.

C'est donc sa fête tous les jours !

TOUS.

Oui, c'est sa fête tous les jours.

FRANCOEUR.

Eh ! bien, madame, s'il faut vous dire la vérité, il y a la pauvre vieille Marcelline qui a à peine de quoi vivre, et qui, pour comble de malheur, vient de perdre le mois dernier son petit-fils encore au berceau.

CAROLINE.

J'irai la voir ce matin... vous m'y conduirez.

HENRI.

Moi aussi.

FRANCOEUR.

Quoi! vous auriez la bonté !... la pauvre chère femme ne pourra pas en croire ses yeux.

CAROLINE.

Mais je ne vois pas Fanchette, ni ses jeunes compagnes.

HENRI.

Maman, elles étaient ici tout à l'heure.

CAROLINE.

Tu les as vues ?

HENRI, *haut.*

Oui, maman, je les ai vues... *(à part)*. Et mieux que cela. Il paraît que l'arrivée du régiment leur a fait peur.

CAROLINE, *riant.*

Mon Henri est plus brave ?

FRANCOEUR.

Monsieur votre fils, madame?.. je réponds qu'il ne démentira pas le sang qui coule dans ses veines.

L'OFFICIER.

Vienne seulement une occasion !

HENRI.

Oh ! oui... Dis donc, Francœur, nous irons ensemble ; je serai ton bras droit.

FRANCOEUR.

Ce serait bien de l'honneur pour le gauche, mon capitaine... mais nous n'en sommes pas encore là.

HENRI.

Oh! que c'est ennuyeux!.. pourquoi donc aussi étais-je si jeune à la dernière guerre ? j'y serais allé.

CAROLINE, *gaîment.*

Et qu'aurais-tu fait ?

HENRI.

J'aurais fait parler de moi ; et comme le grand Roi, dont j'ai l'honneur de porter le nom, *rends-toi, Philistin, rends-toi,* aurais-je dit aux rebelles ; et je les aurais soumis, ou ils m'auraient tué... mais tu aurais eu au moins le plaisir d'entendre dire de ton fils : *c'est dommage, il promettait.*

FRANCOEUR.

Il est charmant !

CAROLINE.

Air : *Ces postillons.*

Avec plaisir, de cette ardeur guerrière,
Je vois, en toi, les premiers mouvemens ;
Mais au courage, Henri, crois-en ta mère,
Il faut unir de plus doux sentimens,
Le laurier même a besoin d'ornemens.
Ah ! trop souvent on a vu la victoire
Entraîner l'homme à de cruels abus !
On jouit mieux de l'éclat de la gloire,
A l'ombre des vertus.

HENRI.

Ne suis-je pas élevé sous tes yeux, sous les drapeaux de
nos braves.   (*Montrant le régiment*).

Air : *T'en souviens-tu ?*

Je sais, par toi, le charme qu'on éprouve
A s'entourer des cœurs qu'on a soumis ;
Je sais, par eux, le bonheur que l'on trouve
A triompher de tous ses ennemis.
Nobles leçons, dont l'honneur m'environne,
Vous produirez un jour des fruits flatteurs ;
Et l'on dira : » Faut-il qu'on s'en étonne ?
» Minerve et Mars furent ses précepteurs. »

TOUS.

Oui, l'on dira : » Faut-il qu'on s'en étonne ?
» Minerve et Mars furent ses précepteurs.

CAROLINE, *l'embrassant*.

Bien, bien, mon Henri. (*Aux soldats et aux villageois*). Vous, mes amis, disposez-vous à vous rendre à
midi, dans le parc ; un banquet vous y attendra... c'est-
là que mon père, heureux d'être témoin de votre joie et
de votre amour, vous en remerciera comme du plus beau
bouquet que vous puissiez lui offrir.

HENRI, *au tambour*.

Toi, donne-moi ton tambour. (*Il prend la caisse*).

FRANCOEUR.

Quoi ! M. Henri, vous voulez ?..

HENRI.

Pourquoi donc pas ?

Air : *La fille d'un coupeur de paille.*

Dans les champs de la vaillance,
Qui conduisit Luxembourg ?..
Turenne, Condé ?.. je pense
Que c'est le bruit du tambour.
Et si je dois un jour
Être maréchal de France,
Amis, ce n'est pas là
Ce qui m'en empêchera.

(*Il bat la caisse, et le régiment défile, comme il est
entré*).

CHOEUR.

Célébrons les objets de notre double amour,
Leurs deux noms adorés, et bénis tour à tour,
Ne font qu'un dans nos cœurs comme dans ce beau jour.

SCÈNE X.

CAROLINE, FRANCOEUR, GEORGINET.

GEORGINET, *tout pâle et défait.*

Oh! là, là! je serais mort sans le trou de la serrure...
Voyant qu'en y mettant l'œil, je n'y voyais rien, j'y ai
mis le nez, et ça m'a sauvé... Diable de malle, va!..
chien de loup!

FRANCOEUR, *bas à Georginet.*

Veux-tu bien te taire... Ne vois-tu pas que tu n'es pas
seul?

GEORGINET.

Ah! excusez, madame la Comtesse...

CAROLINE, *souriant de sa naïveté.*

Eh! bien, Georginet, tu ne te maries donc pas?

GEORGINET.

Dam! madame, le père de ma future est malade.

CAROLINE.

Je le sais.

GEORGINET.

Et il dit qu'il ne pourra pas danser à notre nôce, tant
qu'il sera dans son lit.

CAROLINE.

Il faut donc que tu attendes.

GEORGINET.

Ah! mon dieu oui, madame, qu'il en finisse d'une
manière ou d'une autre; et j'ai encore une peur... c'est
que s'il venait à mourir; tant qu'il sera mort, Fanchette
ne veuille pas se marier... elle l'aime tant.

CAROLINE.

Il vous sera rendu et bientôt... mon père l'a vu ce
matin, et il l'a trouvé beaucoup mieux.

GEORGINET.

Vrai?

FRANCOEUR.

C'est l'effet de sa bonne visite. Encore une, ou deux
comme celle-là, et l'cher homme est sur pied.

CAROLINE.

Je le désire.

FRANCOEUR.

Air : *Le beau Lycas aimait Thémire.*

Il est l'père et l'roi de c'village,
Et l'on croirait, quand on l'a vu,
Tant sa voix console et soulage,
L'temps des miracles revenu.
Jugez donc d'la puissance extrême
D'un sauveur qu'à ce point on aime !
Quant d'vant vot' lit, il vient s'offrir,
Ah ! de queuq' mal qu'on puiss' souffrir !
Il faut guérir à l'instant même....
Si l'on ne meurt pas de plaisir.

SCÈNE XI.

Les mêmes, MARCELLINE, *une couronne de fleurs à la main.*

MARCELLINE.

Où est-elle, où est-elle ?

FRANCOEUR.

Ah, c'est la bonne vieille Marcelline, dont tout-à-l'heure...

CAROLINE, *courant au-devant d'elle.*

Que demandez-vous, ma bonne mère ?

MARCELLINE.

Ah ! la v'là...

CAROLINE, *à Francœur.*

Approchez lui cette chaise. (*à Marcelline*). Asseyez-vous.

MARCELLINE.

Après vous, ma bonne dame... après vous.

GEORGINET.

Elle est bonne là, la mère... elle ne voit pas qu'il n'y en a qu'une.

FRANCOEUR, *à part.*

Allez voir si nos petites femmes s'apprêtent.

(*Il sort.*)

SCÈNE XII.

CAROLINE, MARCELLINE, GEORGINET.

MARCELLINE.

Air : *Il y a cinquante ans et plus.*

Depuis un grand mois entier,
J'n'avais pas quitté ma chambre ;
Mais je n'pouvions oublier
Que c'est aujourd'hui (*bis*). l'quat' Novembre.

CAROLINE.

Pauvre femme... vous n'en pouvez plus, asseyez-vous
donc.

MARCELLINE, *s'asseyant.*

Puisque vous l'ordonnez.

(*Elle continue*).

J'suis dans tout' la joi¹ d'mon ame
D'avoir le bonheur d' vous voir ;
C'qui n'empêch' pas, ma bonne dame,
Hélas ! d'être au désespoir.

CAROLINE.

Que vous est-il donc arrivé ?

MARCELLINE.

Imaginez-vous, madame... mais...

Même air.

Avant de vous parler d'ça ,
Permettez que j'vous présente
C'te couronne que tressa
Ma main faible (*bis*) et r'connaissante.

CAROLINE, *parlant.*

Quoi ! c'est pour moi ?

NARCELLINE, *de même.*

Eh ! qui le mérite davantage ?

(*Continuant l'air*).

J'serai dans la joi' d'mon ame
Si vous daignez la recevoir.
C'qui n'empêche pas, ma bonn' dame,
Hélas ! d'être au désespoir.

CAROLINE , *prenant la couronne.*

Je sais votre position, mais est-ce que quelque nouveau malheur?...

MARCELLINE.

Eh, mon dieu, oui! imaginez-vous que ce méchant
loup qui, depuis queuq' mois nous donne tant de fil à
r'tordre...

CAROLINE, *avec instance.*

Eh bien ?

MARCELLINE.

Eh ben! il m'a croqué...

GEORGINET.

Le loup vous a croquée, mère Marcelline ?..

MARCELLINE.

Eh! non, nigaud! il m'a croqué mes trois belles
chèvres, dont le lait était, depuis deux ans, mon seul
moyen d'existence.

CAROLINE.

Consolez-vous, nous réparerons cette perte.

MARCELLINE.

Toujours la même!

CAROLINE.

Que ne puis-je réparer aussi aisément celle que vous
avez eue à pleurer, le mois dernier!

MARCELLINE.

De mon petit-fils?.. ah! ce cher enfant et le lait de mes
pauvres chèvres, étaient ma seule consolation; je venais
de le faire baptiser.

GEORGINET.

Vot' lait!

MARCELLINE.

Qu'est-ce qui te parle de mon lait? puisque nous
sommes sur mon pauvre Jacquot...

CAROLINE.

Tenez, en attendant, acceptez cette bourse.

MARCELLINE.

De l'or! oh! c'est trop... comment jamais?..

CAROLINE.

Ce n'est pas moi ; c'est mon père qui vous le donne.

L'an 1835.   4

Air : *De la ville et le village.*

De ses volontés aujourd'hui,
Discrète et seule confidente,
J'agis en son nom, et pour lui,
Je ne suis que son intendante.
Et le seul vœu qu'ici je fais,
Pour prix d'un emploi qui m'honore,
C'est que la main qui répand ses bienfaits,
Vous les rende plus chers encore.

MARCELLINE.

En doutez-vous, madame ? malheureusement cet or
s'en ira, mais la bourse ne me quittera jamais. (*Elle met
la bourse dans la poche de son tablier, et là retire toute
surprise d'y trouver des pièces d'or*). Eh bien ! eh bien !
en v'là ben d'un autre ! des pièces d'or dans ma poché ?

GEORGINET.

Bah !

MARCELLINE.

C'est donc une bénédiction ! mais d'où ça peut-il me
venir ? je n'ai parlé à personne aujourd'hui... si ce n'est
à ce p'tit tambour... Eh ! j'y pense... c'est lui ! ce ne peut-
être que lui...

CAROLINE, *avec intérêt*.

Un petit tambour, dites-vous ?

MARCELLINE.

Oui, madame.

GEORGINET.

Faut croire qu'il tient la caisse du régiment.

MARCELLINE.

Il passait ce matin avec son détachement devant ma
cabane, où ce que j'étais sur la porte ; il a prié l'officier
de faire arrêter ses soldats, qu'il a tous régalés d'un verre
d'eau-de-vie, au cabaret à côté, et pendant ce temps-là,
il est venu à moi, ma questionnée ; je lui ai raconté tous
mes malheurs, la perte de mes trois chèvres... Comment
qu'il a dit, est-ce qu'on ne tuera jamais cette méchante
bête-là ?.. Et quand le détachement s'est mis en marche,
il a jeté dans ma poche plusieurs pièces que je n'ai pas re-
gardées, les croyant de peu de valeur ; et c'étaient des
pièces d'or !

CAROLINE, *attendrie*.

Oui, vous avez raison, cela vous vient du petit tam-

bour. (*à part*). Et c'est sur la Bourse que mon père lui
a donnée ce matin ! comme nos cœurs s'entendent !

MARCELLINE.

Mais , comment est-il possible ?...

Air : J'ons un curé patriote.

C'n'est pas un tambour qui sème
Des pièc's d'or comme un Crésus;
C'est qu'en v'là ben quinz' tout d'même,
Ce qui fait ben cent écus.
J'n'en peux pas rev'nir encor,
Pour qu'il puiss' donner tant d'or,
Faut qu'il soit (*bis*) tout au moins tambour-major. (*ter*).

GEORGINET.

Dites donc, mère ! Il y a plus de trois chèvres dans cette
poche-là... Il y tiendrait ben encore une belle vache noire
dans la bourse... Ah ! en parlant d'ça, j'oubliais que la
belle calèche et les chevaux blancs de madame l'attendent
à la petite porte du parc... C'est son piqueur qui m'a dit
tout-à-l'heure de le lui dire.

CAROLINE.

Je te remercie. Oui, je vais faire une promenade sur les
bords du canal , qui borde ce village. Je sais que tous les
habitans du pays doivent s'y réunir au son du tambourin ,
en célébration de notre fête et je veux les surprendre.

GEORGINET.

Les surprendre ! madame, c'est ben plutôt vous qui
allez être surprise quand vous voirez... (*À part*). Oh ! là !
là ! quelle bêtise j'allais dire !

CAROLINE.

Eh bien... achève...

GEORGINET.

Ah ! non, excusez, ça m'est défendu.

CAROLINE.

Je n'insiste pas...   (*à Marcelline*).

Air : Bon voyage.

Je vous laisse ,
Mais sans cesse ,
Sur vos besoins on veillera.
Espérance ,
Confiance ,
La providence est là.

MARCELLINE.

Jamais, jamais, pour cause,
J'n'eus tant d'argent à la maison.

CAROLINE , *gaîment*.

Parfois à quelque chose,
Malheur est bon.

CAROLINE.

Je vous laisse , etc.

MARCELLINE ET GEORGINET.

Ensemble.

Bonn' comtesse ,
Oui , sans cesse .
Tant qu'c' village jouira
D'vot' présence ,
D'vot' bienfaisance ,
La providence y sera.

(*Un valet de pied paraît et suit Caroline*).

SCÈNE XII.

GEORGINET , MARCELLINE.

GEORGINET.

Est-elle bonne ! est-elle bonne !

MARCELLINE.

Et son fils donc , notre Henri... Dis-moi , Georginet ,
as-tu vu de quel air et de quel ton tout drôle elle m'a dit :
« oui , vous ayez raison, cela vous vient du petit tambour.»

GEORGINET.

Eh bien !

MARCELLINE.

Eh bien ! j'ai idée...

GEORGINET.

De quoi ?

MARCELLINE.

Eh ! perdine ! que c'était un tambour pour la frime , et
que le petit tapin n'était autre que notre Henri...

GEORGINET.

Bah ! mais c'est pas l'embarras, il est ben assez diable
ça... Alors, ça serait donc sur ses économies qu'il vous
aurait baillé...

MARCELLINE.

Eh ! mon Dieu !.. oui, l'cher enfant ! v'là c'que c'est
qu'd'être élevé par une mère comme il en a une ; aussi pas
un habitant qui ne se jetterait au feu pour elle.

GEORGINET.

C'est si vrai que j'm'ai jeté à l'eau l'aut'jour pour la voir
passer d'l'aut'côté de l'étang.

MARCELLINE.

Je n'lui reproche qu'une chose, c'est de s'éloigner de
nous trop souvent.

GEORGINET.

Dam'qu'voulez-vous ?

Air : *Dans une chaude Journée.*

Elle a tant d'amis en France,
Qu'il faut ben qu'elle aill' les voir.

MARCELLINE.

Oui, mais pendant son absence,
Je n'fesons qu'broyer du noir.

GEORGINET.

N'faut pas en être étonnée,
Chaqu' jour n'peut pas êtr' pareil...
Pendant les douz' mois d' l'année,
Est-c' qu'il fait toujours soleil ?

MARCELLINE.

T'as raison, mon garçon.

Ensemble.

Pendant les douz' mois d' l'année,
Il n'fait pas toujours soleil.

(*On entend crier dans la coulisse*).
A moi, mes amis, à moi.

GEORGINET, *remontant la scène.*

Qu'est-ce que c'est ?.. Eh ! ben, les v'là tous qui venont
par ici, avec des perches, des fourches, des faucilles...

MARCELLINE.

Miséricorde... A qui donc qu'ils en veulent ?

GEORGINET.

J'vous le demande.

SCÈNE XIII.

*Les mêmes, HENRI, armé d'un fusil, Villageois, armés
comme il est dit ci-dessus.*

CHOEUR.

Air : *Au feu, au feu, au feu.*

Courons, courons, courons,
C'est le fléau du village,
Courage,
Et de sa rage
Nous triompherons.

HENRI.

N'écoutez que la voix
De votre capitaine,
La victoire est certaine,
Le loup est aux abois.
Toujours, braves amis,
Le ciel servit la cause
De celui qui s'expose
Pour sauver son pays.

CHOEUR.

Courons, courons, etc.

Deuxième couplet.

Halte, et jurez-moi tous
De ne revoir vos mères,
Vos femmes, vos chaumières,
Que lorsque sous nos coups,
Le féroce ennemi,
Que nous allons poursuivre,
Aura cessé de vivre,
Me le jurez-vous ?

TOUS.

Oui.

HENRI.

Et toi, Georginet, que fais-tu là ?.. Allons, en avant.

GEORGINET.

Moi, M. Henri ! je n'ai pas d'armes.... à quoi serais-je
bon ? à manger.

HENRI.

Tu t'armeras en route... marche...
(*On pousse Georginet dans les rangs.*)

(Le chœur reprend).

Courons, courons, courons,
C'est le fléau du village,
Courage ;
Et de sa rage
Nous triompherons.

*(Ils sortent, Marcelline les suit, et indique par ses
gestes, les vœux qu'elle fait pour Henri et ses soldats).*

---

*(Le Théâtre change, et représente dans le fond la
façade du château, au pied duquel est un lac).*

SCÈNE XIV.

FANCHETTE, et autres Villageoises (*sous le costume
sicilien*).

CHOEUR.

Air : *Enfans de la Provence.*

Enfans de la Sicile,
Sous c'costume nouveau,
Dans not' modeste asyle
Offrons-en le tableau ;
Et qu'aujourd'hui notre hameau
De Caroline soit l'berceau.

FANCHETTE.

Siciliennes comme elle,
A sa mémoir' fidelle,
De son pays rappelant tous les traits,
Au langag' près,
Si c't habit flattant ses yeux,
Fait qu'ell' nous aime mieux,
Chères compagnes désormais
Ne le quittons jamais.

TOUTES.

Non, non, non, non, jamais.

CHOEUR.

Enfans de la Sicile, etc.

FANCHETTE.

J'aperçois not' bonn' maîtresse... c'n'est pas encore le
moment d'nous montrer... suivez-moi.

(Elles sortent).

SCÈNE XV.

CAROLINE , *à la cantonnade.*

Attendez-moi là... *(s'avançant)*. Je fai par tout chercher Fanchette et son prétendu; et on ne peut les rencontrer... Je veux pourtant être la première à leur annoncer cette bonne nouvelle. Je serai plus heureuse qu'eux-mêmes de leur bonheur.

(On entend la ritournelle de la Barcarolle suivante.)

Qu'entends-je ?... ces sons me rappellent... Je ne me trompe pas... c'est un air sicilien.

SCÈNE XVI.

CAROLINE, FANCHETTE et ses Compagnes (costu- mées en siciliennes et traversant le lac sur des gondoles élégamment pavoisées).

Barcarolle de Panseron.

FANCHETTE.

Air : *Sur une onde tranquille.*

Beau pays d'Italie !
Depuis le triste jour,
Où ta fille chérie
A fui ton doux séjour,
Souffrant de son absence,
Tu languis abattu.
Aux lieux de ta naissance,
O compagne de notre enfance,
Aux lieux de ta naissance,
Quand donc reviendras-tu ?

Ensemble.

CAROLINE.

Plaisir inattendu,
Des simples jeux de mon enfance,
Voilà bien l'innocence,
Que mon cœur est ému !

LES JEUNES VILLAGEOISES.

Les regrets, les alarmes
Désolent notre cœur ;
Les fleurs n'ont plus de charmes,
Les fruits plus de saveur.
Amour de ta patrie,

Ensemble.
{
Modèle de vertu,
Caroline chérie,
Pour nous rendre enfin à la vie,
Caroline chérie,
Quand donc reviendras-tu ?

CAROLINE.

Concert inattendu,
De votre tendre mélodie,
Doux chants de ma patrie,
Que mon cœur est ému !
}

FANCHETTE.

Le ciel voit notre peine,
Il entend nos soupirs ;
Et les riv's de la Seine
Te rend'nt à nos désirs.

(*Lui tendant les bras*):

C'est elle, ô providence !
Plus de vœux superflus,
Vers toi mon cœur s'élance.

(*Elles mettent pied à terre*).

Ensemble.
{
Adieu regrets, adieu souffrance,
Vers toi mon cœur s'élance,
Ah ! ne nous quitte plus.

CAROLINE.

Douce amitié, reconnaissance,
Non, à votre éloquence
Je ne résiste plus.
}

(*Toutes les villageoises offrent des bouquets à la comtesse*).

SCÈNE XVII.

Les Précédens, FRANCOEUR.

FRANCOEUR , *accourant*.

Ah ! madame... Votre fils...

CAROLINE.

Mon fils !

TOUS.

Notre Henri !

CAROLINE.

Où est-il ?.. que venez-vous m'annoncer ?

FRANCOEUR.

Il s'est mis à la tête de tous les garçons du village, qu'il

L'an 1835.   5

a fait armer comme il a pu, pour marcher contre le
loup qui ravage notre pays, et l'en délivrer.

TOUS.

Eh ! bien !

FRANCOEUR.

Eh ! bien, voyant Georginet terrassé par lui, il s'est
élancé, et en ce moment, il est aux prises...

(*On entend un coup de fusil.*)

CAROLINE, *tremblante, se soutient sur Fanchette.*

Mon fils !...

(*Francœur sort quelques instans.*).

CHOEUR.

Air : *Au feu, au feu, au feu.*

Victoire, victoire, victoire,
Qu'tout l'canton célèbre aujourd'hui
La gloire, la gloire, la gloire
De notre Henri.

FRANCOEUR, *accourant.*

Que l'plaisir à l'effroi succède,
Vous appeliez l'ciel à son aide,
Vos vœux viennent d'être entendus,
Et j'pouvons respirer là-dessus,
Car le loup ne respire plus.

SCÈNE XVIII.

CAROLINE, HENRI, FANCHETTE, OFFICIER,
GEORGINET, *la visage défait, et les vêtemens en
lambeaux,* FRANCOEUR, Villageois, villageoises.

CHOEUR.

Victoire, victoire, victoire, etc.

CAROLINE, *courant à Henri.*

Mon fils !

HENRI, *à sa mère.*

Pardonne-moi la frayeur que je t'ai causée ; j'avais fait
un serment, j'ai dû le remplir.

FANCHETTE.

Le loup est mort?

GEORGINET.

Et je suis presque aussi mort que lui.

CAROLINE.

Pauvre Georginet ! je vois bien qu'il faut te ressusciter...
Allons, donne-moi ta main.

GEORGINET , *tend la main.*

Ma main ?

CAROLINE,

Comme elle tremble !

GEORGINET.

C'est que l'animal n'y allait pas de main morte.

CAROLINE.

Fanchette ? la tienne...

FANCHETTE , *vivement.*

La v'là , madame la Comtesse.

CAROLINE , *les unissant.*

Georginet, embrasse ta femme.

GEORGINET ET FANCHETTE.

Sa
Ma } Femme !

CAROLINE.

Air :

Je viens de parler à son père ,
Pour obtenir, au risque d'un refus,
Qu'une époque à nos vœux si chère ,
Fasse encor deux heureux de plus.
En souriant à ma requête,
Il a sur le champ satisfait.
Puisque c'était aussi ma fête ,
Je devais avoir mon bouquet.

SCÈNE XIX.

Les précédens , MARCELLINE.

MARCELLINE.

Rangez-vous , rangez-vous , que je soulage mon cœur...
Il a sauvé not'village... il a vengé mes pauvres chêvres...
il m'a donné quinze pièces d'or.

HENRI.

Vous me remerciez pour cela... J'ai bien d'autres pro-
jets, ma foi.

Air : Dans ma chaumière.

Laissez-moi faire, (*bis*).
Je donne le peu que je puis,
Mais priez le ciel, bonne mère,
Qu'un jour je sois bien riche, et puis...
Laissez-moi faire.

Deuxième Couplet.

Laissez-moi faire, *(bis)*.
Aux jolis minois du pays,
Je fais une innocente guerre,
Mais viennent mes vingt ans, et puis....
Laissez-moi faire.

Troisième Couplet.

Laissez-moi faire, (*bis*).
Ce n'est qu'un loup que je détruis,
Mais une fois sous la bannière,
Qu'un autre ennemi vienne, et puis,
Laissez-moi faire.

(On entend le son d'une cloche).

CAROLINE.

C'est le signal du banquet... Venez tous vous livrer,
sous les yeux de mon père, au bonheur de cette journée,
si chère à toute la France.

VAUDEVILLE.

FRANCOEUR.

Air : De l'Enfant du Régiment.

Gai, partez d'là
Mes amis, la voilà
L'heureuse fête
Où tout' la France en goguette,
Verre en main,
En l'honneur d'son Souv'rain,
Saute au gai tin tin
D'la bouteille et du tambourin.

CHŒUR.

Gai, partez d'là, etc.

FANCHETTE.

De notr' gaîté vive et folâtre,
Amis, le champêtre tableau,
Doit réjouir l'ombre d'Henri quatre,
Il fut bercé dans un hameau.

CHOEUR.

Gai, partez d'là, etc.

L'OFFICIER.

Déjà dans les champs de la gloire,
D'Henri je prévois le destin ;
Pour marraine il eut la victoire,
Et chaque soldat pour parrain.

CHOEUR.

Gai, partez d'là, etc.

HENRI.

Aux concerts de la capitale,
Vous pouvez marier vos chants,
Puisque des lys la fleur royale
Croît auprès de la fleur des champs.

CHOEUR.

Gai, partez d'là, etc.

MARCELLINE.

Des Princes, j'avions vu l'modèle,
Quand CHARLES n'était que D'ARTOIS,
Dans CHARLE avant qu' Dieu m'appelle,
J'aurons vu l'modèle des Rois.

CHOEUR.

Gai, partez d'là, etc.

FRANCOEUR.

Si j'somm's dans un' disette extrême,
De c'vin qui défonc' les plafonds,
Faute d' Champagne, c'est nous-même
Qui saut'rons en place d'bouchons.

CHOEUR.

Gai, partez d'là, etc.

GEORGINET.

Si pour mieux lui prouver notr' zèle,
J'n'avons pas d'illuminations,
L'plaisir dans nos yeux étincelle,
Et j'dis qu'ça vaut ben des lampions.

CHOEUR.

Gai, partez d'là, etc.

CAROLINE.

C'est envain que sur notre France,
L'hiver s'appesantit déjà.
Pour vous, dans cette circonstance,
Tous les ans l'été renaîtra.

CHOEUR.

Gai, partez d'là,
Mes amis, la voilà
L'heureuse fête
Où tout' la France en goguette,
Verre en main,
En l'honneur d'son Souv'rain,
Saute au gai tin tin,
D'la bouteille et du tambourin.

(*On danse et la toile tombe*).

FIN.

www.ingramcontent.com/pod-product-compliance
Ingram Content Group UK Ltd.
Pitfield, Milton Keynes, MK11 3LW, UK
UKHW020039080726
13614UKWH00004B/1868

9 782019 245610